Succession de Madame la Comtesse C. de C***

~~~~~~~~~~

MOBILIER

Ancien et Moderne

OBJETS D'ART

TABLEAUX

~~~~~~~~~~

VENTE

HOTEL DROUOT, SALLE N° 1

Du Lundi 28 Mars au Samedi 2 Avril 1898

À DEUX HEURES

~~~~~~~~~~

EXPOSITION

Le Dimanche 27 Mars 1898

DE I HEURE I/2 A 5 HEURES I/2

Succession de Madame la Comtesse C. de C***

CATALOGUE

D'UN

MOBILIER

ET

OBJETS D'ART

Bijoux, Objets de vitrine, Argenterie
Miniatures, Eventails, Dentelles, Fourrures, Sculptures
Pendule Louis XVI en marbre blanc
Biscuits, Porcelaines du Japon, de Saxe et de Sèvres, Faïences

BRONZES D'ART & D'AMEUBLEMENT

Meubles du XVIIIᵉ Siècle et du Iᵉʳ Empire

TABLE EN ÉBÈNE ORNÉE DE BRONZES DORÉS DU XVIIIᵉ SIÈCLE

Tapisseries anciennes, Tentures, Étoffes

TABLEAUX ANCIENS

GRAVURES

DONT LA VENTE AURA LIEU

HOTEL DROUOT, SALLE No 1

Du Lundi 28 Mars au Mardi 2 Avril 1898

à deux heures

COMMISSAIRES-PRISEURS :

M. Jules PLAÇAIS | **M. Georges DUCHESNE**
29, rue de Maubeuge, 29 | 6, rue du Hanovre, 6

EXPERTS POUR LES OBJETS D'ART :

M. B. LASQUIN | **M. A. BLOCHE**
12, rue Laffitte, 12 | 28, rue de Châteaudun, 28

Pour les tableaux : **M. Henri HARO,** 14, rue Visconti et 20, rue Bonaparte

EXPOSITION PUBLIQUE

Le Dimanche 27 Mars 1898

DE I HEURE I/2 A 5 HEURES I/2

CONDITIONS DE LA VENTE

La vente sera faite *expressément* au comptant.

Les acquéreurs payer. en sus des adjudications *cinq pour cent.*

L'exposition mettant le public à même de se rendre compte de l'état des objets, il ne sera admis aucune réclamation une fois l'adjudication prononcée.

ORDRE DES VACATIONS

Lundi 28 Mars, à 2 heures. — *Tableaux.*

Mardi 29 Mars, à 2 heures. — *Dentelles, Fourrures, Bijoux.*

Mercredi 30 Mars, à 2 heures. — *Suite des Bijoux, Argenterie.*

Jeudi 31 Mars, à 2 heures. — *Objets de vitrine Eventails, Porcelaines et Faïences.*

Vendredi 1" Avril, à 2 heures. — *Suite des Porcelaines et Faïences, Sculptures, Bronzes, Meubles.*

Samedi 2 Avril, à 2 heures. — *Suite des Meubles, Piano, Autel, Tapisseries anciennes, Tentures.*

Paris. — Imprimerie Ménard & Chaufour, rue Milton, 8-10

DÉSIGNATION

TABLEAUX

COMTE (P. C.)

1 — *La Leçon d'armes.*

Signé à droite.

Bois : 48×63.

COURT

2 — *Portrait du Pape Pie IX.*

Il est représenté en grand costume dans un riche intérieur.

Signé à droite et daté 1841.

Toile : 3ᵐ×2ᵐ.

COURT

3 — *Une Religieuse.*

Signé à droite.

Toile : 79×57.

DETROY (attribué à François)

4 — *Portrait d'un Maréchal de France.*

Toile : 130×96.

ÉCOLE ESPAGNOLE

5 — *L'Adoration de l'Enfant Jésus.*

Bois : 188×127.

ÉCOLE FLAMANDE

6 — *Sainte Catherine.*

Bois : 25×20.

ÉCOLE FRANÇAISE

7 — *Portrait de Maurice de Saxe.*

Toile : 128×102.

ÉCOLE FRANÇAISE

8 — *Scène galante.*

Toile : 100×79.

ÉCOLE FRANÇAISE

9 — *Portrait d'Ambroisine d'Estampes, marquise de Lillers.*

Toile : 95×72.

ÉCOLE FRANÇAISE

10 — *Portrait de Charles X.*

Forme ovale.

Toile : 82×70.

ÉCOLE FRANÇAISE

11 — *Portrait du Roi.*

Forme ovale.

Toile : 63×54.

ÉCOLE FRANÇAISE

12 — *Naufrage de la Comtesse de Mello.*

Toile : 60×72.

ÉCOLE FRANÇAISE

13 — *Le Printemps.*

Camaïeu.

Toile : 42×86.

ÉCOLE FRANÇAISE

14 — *L'Été.*

Camaïeu.

Toile : 42×86.

ÉCOLE FRANÇAISE

15 — *L'Automne.*

Camaïeu.

Toile : 42×86.

ÉCOLE FRANÇAISE

16 — *L'Hiver.*

Camaïeu.

Toile : 42×82.

ÉCOLE FRANÇAISE

17 — *L'Embarquement.*

Bois : 22×27.

ÉCOLE ITALIENNE

18 — *La Vierge et l'Enfant Jésus.*

Toile: 130×98

ÉCOLE ITALIENNE

19 — *L'Adoration des Mages.*

Toile: 73×34.

HUBERT-ROBERT

20 — *Le Bain.*

Des baigneurs prennent leurs ébats au pied
de pittoresques rochers baignés par la mer.
Assiette peinte, 0^{m}18.

HUBERT-ROBERT

21 — *La Grotte.*

Dans l'intérieur d'une grotte éclairée par une
lampe, vont et viennent différents personnages.
Assiette peinte, 0^{m}155.

HUET (J. B.)

22 — *Le Tertre.*

Sur un tertre une jeune bergère, ayant un enfant endormi à côté d'elle, garde un troupeau

composé de bœufs, moutons, etc., et cause à une autre paysanne, probablement celle qui conduit l'âne tout chargé que l'on voit au pied d'un arbre. Au bas du tertre coule une rivière qui va se perdre à l'horizon entre des collines. Paysage très-luxuriant.

Signé à droite et daté 1777.

Toile: 73×82.

HUET (J. B.)

23 — *Le Pont Rustique.*

A l'ombre d'un bouquet d'arbres, deux jeunes bergères sont assises et causent avec un paysan; tout autour le troupeau est épars. Sur le petit pont jeté sur le cours d'eau, on voit un jeune pêcheur à la ligne. A droite, on aperçoit un fond de collines légèrement dorées par le soleil couchant.

Signé à gauche et daté 1777.

Toile : 73×82.

LAGRÉNÉE (L.)

24 — *L'Education de la Vierge.*

Signé à gauche et daté 1773.

Cuivre : 43×34.

LE BARBIER AINÉ

25 — *Le Refuge;* épisode de la Révolution.

Derrière on lit :

« Ce tableau représente Louis Félicité Omer d'Estampes, qui étant proscrit comme noble dans le temps de la Révolution française, fut obligé de fuir et de chercher un asile qui le déroba aux persécutions des hommes de sang, connus sous le nom de Jacobins. L'on voit un honnête paysan, ancien concierge d'un vieux château nommé Fontaine, près de Caen, qui malgré le danger qu'il court, lui offre un asile, tandis que sa femme observe la marche des factieux rôdant dans la campagne. Ce fait s'est passé le 25 avril 1794 et a été peint en 1809 par J.-J.-F. Le Barbier, ami de la famille. »

Signé à droite et daté 1808.

Toile : 82×66,

LE BARBIER AINÉ

26 — *L'Emprisonnement :* épisode de la Révolution.

Derrière on lit :

« Ce tableau représente Christine Bouillé, femme de Louis Félicité Omer d'Estampes, qu'on alla enlever au château de Mauny, près de Rouen, avec sa fille Alexandrine, âgée de deux mois qu'elle nourrissait au commencement de la Révolution française, le 10 avril 1794. Les factieux sous le nom de Jacobins la conduisent en prison à Rouen, comme noble et royaliste; la féroce geôlière reçoit ses deux victimes. Ienriette d'Estampes, sœur de Louis Omer renfermée déjà depuis deux mois s'évanouit en voyant arriver sa belle-sœur et sa jeune nièce. Ce tableau a été peint par J. J. F. Lebarbier, ami de la famille en 1809. »

Signé à droite et daté 1809.

Toile : 82×66.

LESSER (F. de.)

27 — *Un griffon.*

Signé en haut à droite et daté 83.

Toile : 22×16.

LOO (attribué à Van)

28 — *La Sculpture.*

Toile : 86×124.

MIGNARD (?)

29 — *Portrait présumé de la Duchesse de Valois.*

Toile : 80×65.

MIGNARD (?)

3o — *Portrait du Grand Dauphin.*

Forme ovale.

Toile : 65×54.

MIGNARD (attribué à)

3i — *Portrait de femme.*

Cuivre : 31×24.

MONDIAU

3₂ — *Portrait de jeune femme.*

Signé à gauche et daté 1829.

Toile : 65×55.

NATTIER (?)

33 — *Portrait de Jeune femme.*

Elle est représentée grandeur demi-nature, vêtue d'une robe blanche décolletée ; un manteau rouge est jeté sur ses épaules.
Forme ovale.

Toile : 32×27.

PANNINI

34 — *Le Temple de Vesta à Tivoli.*

Forme ovale.

Toile : 63×5o.

PANNINI (?)

35 — *Ruines.* Paysage avec figures et animaux.

Bois : 15×22.

RIGAUD (attribué à H.)

36 — *Portrait de Philippe V, roi d'Espagne.*

Toile : 72×56.

RIGAUD (d'après H.)

37 — *Portrait d'un Maréchal de France.*

Toile : 81×64.

SANTERRE (attribué à)

38 — *Suzanne au Bain.*

Bois : 45×32.

SAUVAGE (attribué à)

39 — *La Musique.*

Dessus de porte en camaïeu.

Toile : 83×61.

SAUVAGE (attribué à)

40 — *La Peinture.*

Dessus de porte en camaïeu.

Toile : 82×16.

SAUVAGE (attribué à)

41 — *La Poésie.*

Dessus de porte en camaïeu.

Toile : 83×161.

VERNET (Horace)

42 — *Portrait du duc d'Angoulême.*

Monogramme à droite.

Toile : 55×46.

43 — Sous ce numéro seront vendues des gravures et lithographies.

44 — Sous ce numéro seront vendus les tableaux ou dessins non catalogués.

Bijoux

45 — Broche barette en or enrichie de onze brillants.

46 — Bracelet gourmette en or, enrichi d'un perido entourée de roses.

47 — Médaillon en or avec deux fers à cheval ornés de rubis et de roses.

48 — Petit reliquaire représentant : *Le Christ et saint Jean-Baptiste*. Cadre enrichi de strass.

49 — Bague en or enrichie de cinq roses.

50 — Deux bagues en or émaillé avec topaze.

51 — Broche en or enrichie d'une topaze, d'émeraudes et de brillants.

52 — Deux bagues en argent et strass. Époque Louis XV.

53 — Bracelet en or, enrichi d'une perle et d'un brillant de fantaisie.

54 — Paire de boutons d'oreilles à vis saphirs doublés et roses.

55 — Deux perles fines, monture à vis en or.

56 — Deux boucles d'oreilles en or émaillé.

57 — Deux boucles d'oreilles : turquoises et roses.

58 — Deux boucles d'oreilles en or à vis avéc petits brillants.

59 — Collier et deux boucles d'oreilles en argent doré et émaillé fond bleu, ornés de strass.

60 — Diadème, collier et deux boucles d'oreilles en argent doré et améthystes.

61 — Parure en or enrichie d'améthystes et de perles fines, composée d'un collier, une broche pendentif, un médaillon et deux pendants d'oreilles.

62 — Trois boucles ornées de strass. Époque Louis XVI.

63 — Quatre paires de boucles d'oreilles en strass formées de fleurs de lys surmontées de couronnes.

64 — Épingle de cravate et broche analogues.

65 — Douze broches forme fleurs de lys en argent ornées de strass.

66 — Trois paires de boucles d'oreilles en onyx noir, monture or.

67 — Collier en or avec motif en strass.

68 — Châtelaine en cuivre doré à trophées. Époque Louis XVI.

69 — Montre en or émaillé fond bleu à petits perlés, avec chaîne en or.

70 — Bracelet en or forme serpent, tête ornée d'un saphir étoilé et de deux rubis.

71 — Chaîne de col en or souple.

72 — Montre en or émaillé gris bleuté, enrichie de perles.

73 — Christ sur croix en filigrane d'argent doré.

74 — Châtelaine en argent doré, avec breloques. Époque Louis XVI.

75 — Bracelet composé de huit cornalines, monture or.

76 — Montre en or enrichie de roses, et parties émaillées. Époque Louis XVI.

77 — Grande montre en argent.

78 — Sept pièces de monnaie anciennes en or.

79 — Pendentif en or, avec topazes et perles fines.

80 — Flacon à odeurs, monture en or gravé Louis XVI.

81 — Huit croix en argent ornées de mosaïques, et d'améthystes.

82 — Œuf en filigrane d'or.

83 — Fermoir en argent doré, avec corail au centre.

84 — Deux reliquaires en argent doré.

85 — Deux bagues en or, avec anneau ornés d'améthystes.

86 — Treize bagues en or, enrichies de pierres précieuses (seront divisées.)

87 — Croix en or et cristal avec perles fines.

88 — Châtelaine en or, avec ornements émaillés bleus.

89 — Bracelet en or émaillé bleu.

90 — Broche forme branche en or, enrichie de brillants de table.

91 — Épingle de coiffure, et deux broches enrichies de topazes roses.

92 — Chaîne argent.

93 — Trois paires de boucles d'oreilles, et quatre brochettes en or enrichies de topazes, perles et turquoises.

94 — Brochette or émaillé et turquoises.

95 — Broche argent doré, avec inscription : ROMA.

96 — Parure composée d'une broche à pampilles, une croix et deux paires de pendants d'oreilles en argent émaillé orné de topazes roses et de perles.

97 — Bracelet gourmette, deux pendants d'oreilles et une petite breloque en argent.

98 — Pendentif en or enrichi de pierres de couleur et de perles.

99 — Croix en grenat, et perles et autre or émaillé.

100 — Bague enrichie d'un saphir entouré de brillants.

101 — Bague marquise pavée de brillants et de turquoises.

102 — Bague en or, topaze entourée de roses.

103 — Onze bagues en or, enrichies de topazes, améthystes, grenats, cornalines, etc. (seront divisées).

104 — Bracelet en or, avec chaîne en or enrichie de perles fines.

105 — Étui en or guilloché, frises ciselés. Époque Louis XVI.

106 — Chaîne longue de col en or.

107 — Bijou normand en or et strass. Louis XIII.

108 — Deux boutons de manchettes en or et perles fines.

109 — Deux coulants en or repoussé.

110 — Bracelet en argent doré avec miniature : *Portrait d'homme.* Époque Louis XVI.

111 — Parure en or avec pierres vertes cabochon.

112 — Reliquaire en argent avec émail : *La Vierge et l'Enfant.* Époque Louis XIII.

113 — Collier en or enrichi de turquoises, roses et perles fines.

114 — Bracelet et quatorze boutons ornés de grisailles.

115 — Petit étui en or. Ier Empire.

116 — Quatre cuillers en argent et argent doré.

117 — Nombreux bijoux en or enrichis de pierreries.

118 — Nombreux bijoux en argent doré et mosaïques.

119 — Bijoux anciens ornés de strass.

Argenterie

120 — Deux légumiers à double fond en argent côtelé, modèle Louis XV, avec armoiries gravées.

121 — Théière en argent uni avec armoiries
gravées.

122 — Cafetière avec philtre en argent uni,
bordures à perles. Ier Empire.

123 — Quatre compotiers en argent, bordure
à contours et filets avec armoiries gravées au centre.

124 — Cinq plats longs différentes grandeurs
en argent, bordures à filets. Louis XV.

125 — Neuf plats ronds en argent même modèle.

126 — Service à entremets en vermeil composé de dix-huit couverts, de trente-six couteaux dont douze à lames en vermeil, manches en nacre et de douze cuillers à café dans un écrin en cuir rouge.

127 — Théière et pot à crème en vermeil, panses avec frises ciselés à arabesques. Ier Empire.

128 — Sucrier en cristal taillé, monture en vermeil. Ier Empire.

129 — Sucrier en argent ajouré, couvercle surmonté d'une colombe, intérieur avec verre bleu. Style Louis XVI.

130 — Deux doubles salières en argent, bordures à feuilles de choux. Style Louis XV.

131 — Huit petites salières même modèle.

132 — Tasse à bouillon avec soucoupe en argent gravé à branchages fleuris,

133 — Chocolatière en argent uni.

134 — Poëlon en argent uni.

135 — Petite cafetière en argent guilloché, avec armoiries gravées.

136 — Support ajouré avec réchaud en argent.

137 — Pot à crème en argent guilloché. Style Louis XVI.

138 — Petite bouillotte en argent uni.

139 — Douze couverts de table en argent, bordure à filets.

140 — Couvert en argent à filets et coquille Louis XV.

141 — Louche en argent.

142 — Deux cuillers à ragout en argent.

143 — Cuiller à fraises en argent.

144 — Cuiller à sucre en poudre en argent.

145 — Cuiller à œufs en argent.

146 — Pelle à poisson en argent ajouré et gravé.

147 — Huilier en argent. Ier Empire.

148 — Deux cuillers à compote en vermeil.

149 — Couteau à fromage en vermeil, manche en ivoire.

150 — Vingt-quatre cuillers à café en vermeil, modèle à filets.

151 —·Douze petites pelles à glace, forme coquilles avec figurines en vermeil. Style Louis XV..

152 — Service à fruits confits composé de huit pièces en vermeil.

153 — Pince à sucre en argent à perlés.

Argenture

154 — Deux saucières anglaises argentées.

155 — Bouilloir avec trépied argent.

156 — Sucrier forme poire en verre et argenture.

Dentelles

157 — Coupe de 1^m85 de Bruges.

158 — Col Bruges.

159 — Pélerine en lacet de Venise.

160 — Volant de 3^m5o de guipure de Venise.

161 — 2^m6o point de Milan.

162 — 3 mètres guipure russe.

163 — 2^m2o point de Milan.

164 — 3^m5o guipure ancienne.

165 — 3 mètres guipure ancienne.

166 — Voile en tulle brodé.

167 — 0^{m}90 point de Milan.

168 — Fichu point duchesse, médaillon point
à l'aiguille.

169 — 5^{m}20 guipure ancienne.

170 — 2 mètres guipure ancienne.

171 — 1^{m}30 guipure ancienne.

172 — 4 mètres point d'Alençon.

173 — 0^{m}75 point de Bruges.

174 — 0^{m}90 guipure de Milan.

175 — Voilette application d'Angleterre.

176 — Mouchoir application.

177 — Deux fonds de bonnets en point d'Alençon.

178 — 3^m5o point d'Alençon.

179 — Garniture de corsage point d'Alençon.

180 — 2^m40, en deux coupes, point d'Alençon.

181 — Quatre coupes point d'Alençon.

182 — 1^m25 point d'Argentan.

183 — Quatre coupes point d'Alençon.

184 — 1^m3o, en deux coupes, application.

185 — 2^m40 application.

186 — Barbe en point d'Angleterre.

187 — Bonnet d'Angleterre.

188 — Barbe d'Angleterre.

189 -- 1^m70 application d'Angleterre.

190 — Barbe application d'Angleterre.

191 — 2^m60 application d'Angleterre.

192 — 3^m60, en deux coupes, point d'Angleterre.

193 — 1^m85 application d'Angleterre.

194 — 1^m25 application d'Angleterre.

195 — 6 mètres, en sept coupes, en binche.

196 — 6^m70 de Lille en deux coupes.

197 — 6 mètres, en deux coupes, de binche.

198 — Cinq cravates et barbes vieille Valenciennes.

199 — Cinq coupes Valenciennes.

200 — 4 mètres en trois coupes et un col en application.

201 — Sept pièces point de Malines.

202 — Col de Venise.

203 — 5 mètres Valenciennes.

204 — Ombrelle application, manche ivoire.

205 — Coupon application d'Angleterre et un fond de bonnet.

206 — Deux fonds de bonnet vieille Valenciennes.

207 — Coupon Bruges en relief.

208 — Deux coupes d'Angleterre.

209 — Deux coupes Valenciennes et un col.

210 — Deux coupes Angleterre.

211 — Deux cravates et une voilette Chan-
tilly.

212 — Voilette en blonde espagnole noire.

213 — Lot de dentelles noires.

214 — Lot de dentelles et imitations blanches.

Fourrures

215 — Collet pattes en astrakan, doublé d'hermine.

216 — Manchon en skonks.

217 — Tour de cou, tête de zibeline.

218 — Autre en martre de Canada.

219 — Peau en Canada.

220 — Manchon en martre du Canada.

221 — Etole en martre du Canada.

222 — Lot de morceaux de fourrures diverses.

223 — Manchon en astrakan.

224 — Col en skonks.

225 — Boa en skonks.

226 — Etole et deux parements en martre du Canada.

227 — Jaquette pattes en astrakan.

228 — Manchon martre du Canada.

229 — Fourrage en dos de gris.

230 — Quatre biches.

231 — Parure : col et parements en loutre.

Objets de vitrines

Miniatures

232 — Colonne surmonté d'un groupe :
Vierge et enfant en argent. Ier Empire.

233 — Trois couverts en argent doré avec
gobelet, dans un écrin en cuir rouge.
Époque Louis XVI.

234 — Cadre en or et perles fines. Ier Empire.

235 — Bourse en fil d'argent.

236 — Huit miniatures sujets religieux et
autres.

237 — Deux miniatures : *Portraits d'homme et de femme* de l'époque Louis XVI.

238 — Petite miniature : *Portrait d'officier* Louis XVI, cadre bronze.

239 — Miniature : *Portrait de religieuse.*

240 — Quatre cadres et une figurine de saint en argent.

241 — Quatre couteaux manches en ivoire vert, bois noir garni d'argent.

242 — Drageoir en cristal de Nancy avec couvercle en vermeil ciselé.

243 — Petite miniature : *Les Joueurs de cartes.*

244 — Miniature : *Portrait de femme* avec collier de perles.

245 — Trois petites miniatures diverses.

246 — Deux petites pantoufles en argent.

247 — Pomme d'ombrelle en fer damasquiné d'or et d'argent. Travail de Tolède.

248 — Nécessaire de géomètre. XVIIe siècle.

249 — Montre en or gravé et guilloché.

250 — Couvert en bois noir garni d'argent.

251 — Dix boîtes en porcelaines, ivoire et laque.

252 — Deux petites cassolettes en argent.

253 — Cachet formé par une figurine de femme en argent.

254 — Reliquaire avec gravure en couleur : *L'Enfant Jésus et Saint Jean-Baptiste.*

255 — Ciseaux à raisin forme cigogne en argent doré.

256 — Ciseaux en or. Ier Empire.

257 — Camée coquille, monture en or.

258 — Jeu de cartes ancien dans une couver-
ture avec peinture.

259 — Deux petits flacons à odeurs dans un
écrin en cuir rouge doré au petit fer.
Époque Louis XVI.

260 — Bénitier en cuivre doré avec croix en
cristal.

261 — Étui cassolette en émail de Bettersée,
décor médaillon à paysage.

262 — Flacon en cristal monture en or.
Ier Empire.

263 — Petite figurine : *Saint Jean-Baptiste*
en verre de Venise.

264 — Bonbonnière à charnière en ancien émail de Saxe à fleurs.

265 — Flacon aplati monture en or guilloché. Style Louis XVI.

266 — Bonbonnière en écaille brune pavée d'or.

267 — Porte-crayon en nacre, monture or enrichie d'émeraudes.

268 — Petite pelle à poudre en nacre sculptée.

269 — Petit crucifix en écaille avec christ en argent.

270 — Couteau Louis XVI à deux lames, monture en nacre garnie d'or.

271 — Tabatière en argent guilloché et doré, couvercle orné d'un fixé : *Paysage de la Suisse.*

272 — Bonbonnière en écaille, monture en or avec miniature sur le couvercle représentant : *Une Scène d'intérieur*. Époque Louis XVI.

273 — Bonbonnière en écaille avec motif sous verre. Époque Directoire.

274 — Bonbonnière en émail bleu à fleurs.

275 — Deux petits flacons en verre émaillé à personnages et paysage.

276 — Étui en vernis Martin fond vert, sujet en grisaille genre WATTEAU. XVIIIe siècle.

277 — Deux étuis en nacre pavée d'argent. Époque Louis XVI.

278 — Bas-relief en ivoire représentant *La Vierge et l'Enfant*. XVIIIe siècle.

279 — Petite coupe en agate orientale. XVIIe siècle.

280 — Petit émail ovale : *La Vierge et l'En-fant*. Époque Louis XIII.

281 — Divers boutons en nacre et en strass pour costumes.

282 — Verre genre venitien, décor à armoiries rehaussées d'or.

283 — Deux petits flambeaux en faïence de Sarreguemines, décor polychrome.

284-286 — Trois paires de chandeliers en émail de Limoges, style Louis XIV, décorés de figures allégoriques et d'ornements en relief.

287 — Petit support de veilleuse Ier Empire en bronze doré, formé d'un support trépied à têtes égyptiennes sur un plateau rond à fond de glace muni d'une anse ornée d'un coq.

288 — Deux petits vases japonais en rouge et or.

289 — Miniature : *Portrait de femme*. Ier Empire.

290 — Petit dessin rehaussé de couleur. Ier Empire.

291 — Peinture ronde sur cuivre : *L'Adoration de l'Enfant*.

292 — Petites peintures : *La Vierge et Saint Pierre*.

293 — Gouache : *Vue de Hollande*, effet d'hiver, cadre bois doré.

294 — Deux fixés ovales : *Paysages*.

295 — Médaillon en broderie de soie et d'argent : *Vierge*. XVIIe siècle.

296 — Peinture de l'École française : *Portrait de dame avec couronne de roses.*

297 — Miniature : *Portrait de jeune garçon Louis XVI.*

298 — Trois feuilles d'éventails encadrées, de l'époque Louis XVI.

299 — Petite peinture rectangulaire, d'après Boucher : *Allégorie à l'Automne.*

300 — Émail : *Sainte Madeleine.*

301 — Peinture de l'École ancienne : *La Vierge et le Christ.*

302 — Peinture sur vélin : *La Vierge et l'Enfant.*

303 — Petite peinture de l'école française : *Paysage avec personnages.*

3o4 — Petite gravure en couleur: *Saint-Pierre de Rome.*

3o5 — Différentes pièces encadrées seront vendues sous ce numéro.

Éventails

3o6 — Éventail en vernis Martin : *L'Oiseau
envolé.*

3o7 — Éventail en vernis Martin : *La Danse
champêtre.*

3o8 — Bel éventail en ivoire ajouré et rehaussé
d'or, feuille en soie à petits médaillons
représentant : *L'Autel d'Amour*, et ornée
de paillettes. Époque Louis XVI.

3o9 — Éventail en ivoire à rehauts d'or,
feuille représentant un sujet mythologique.

3io — Éventail en ivoire rehaussé de couleur,
feuille à personnages chinois. Époque
Louis XVI.

3ıı — Éventail en ivoire avec feuille en ancienne guipure. Époque Louis XVI.

3ı2 — Neuf éventails en nacre et ivoire sculpté avec feuilles ornées de peintures. Époques Louis XV et Louis XVI.

3ı3 — Éventail en nacre gravé, feuille en tulle brodé d'acier. Iᵉʳ Empire.

3ı3 *bis* — Éventail en ivoire avec peinture : *Diane et nymphe*. Iᵉʳ Empire.

3ı4 — Trois éventails en corne et écaille du Iᵉʳ Empire.

Biscuits

315 — Buste en biscuit de Sèvres : *La Reine Marie-Antoinette.*

316 — Buste en biscuit : *Henri IV.*

317 — Groupe en biscuit : *Berger et Bergère goûtant les raisins,* d'après Falconnet.

Porcelaines anciennes

Faïences, Grès

318 — Grand plat rond en ancienne faïence
de Rouen, à décor bleu à rosace au centre
et lambrequins au pourtour.

319 — Deux plats en vieux Japon, décorés
d'arbustes fieuris, en bleu, rouge et or.

320 — Coupe à couvercle et son plateau en
vieux Japon, décor en bleu, rouge et or,
à lambrequins et fleurs.

321 — Grand plat en ancienne porcelaine du
Japon, décor bleu, rouge et or, bordure à
six compartiments.

322 — Deux plats en ancienne porcelaine du Japon, décor bleu, rouge et or à chrysanthèmes avec rosaces au centre.

323 — Théière, sucrier et plateau d'écuelle en ancienne porcelaine de Saxe à décor de fleurs.

324 — Pot à crême en ancienne porcelaine tendre de Sèvres, décoré de bouquets de fleurs.

325 — Pot à lait en porcelaine de Guerhard et Dihl et une écuelle avec plateau en porcelaine à la Reine à décor de myosotis.

326-331 — Diverses pièces de cabaret en porcelaine de Vienne, de Frankenthal et de Saxe, théières, cafetières, tasses et soucoupes.

332 — Soupière et son plateau en porcelaine Louis XVI, décorée de guirlandes en dorure.

333-338 — Assiettes et compotiers en porcelaine de Saxe.

339-341 — Tasses et soucoupes en porcelaine
moderne de Sèvres.

312-343 — Tasses et soucoupes en ancienne
porcelaine de Chine et du Japon.

344-347 — Groupes et figurines en porcelaine
moderne de Saxe et imitation.

348-358 — Quantité d'objets d'étagère en
porcelaine, WEDGWOOD, etc.

359-361 — Dix cruchons en ancien grès d'Allemagne.

362 — Service à café tasses et soucoupes en
porcelaine de Berlin, décoré de fleurs.

363 — Service à thé tasses et soucoupes en
porcelaine de Saxe à décor de fleurs.

364 — Seize lampes en porcelaine de Chine et du Japon, décors variés et polychromes sur lampadaires en bronze. Style Louis XVI.

365 — Dix figurines enfants en porcelaine d'Allemagne et de Paris.

366 — Boîte en porcelaine de Paris, décor figures et rocailles.

367 — Petite potiche genre Saxe, fond mauve à personnages.

368 — Cassolette forme poire et pomme d'ombrelle en porcelaine de Saxe.

369 — Étui plat de Saxe, décor à petits personnages.

370 — Paire de vases à gorges festonnées du Japon, décor médaillon à fond laqué.

371 — Paire de vases de Chine fond jaune gravé, décor à personnages oiseaux et fleurs en polychrome.

372 — Paire de vases de Chine fond vert gravé, décor à personnages en polychrome.

373 — Écuelle avec couvercle et plateau en porcelaine d'Allemagne, fond gaufré à bouquets de fleurs.

374 — Chien et chat en porcelaine de Paris.

375 — Jardinière fond vert vermiculé d'or.

376 — Jardinière et son support en faïence japonaise, décor en relief et à jour.

377 — Paire de vases de Chine, décor à personnages fond vert et or.

378 — Sept figurines porcelaine de Berlin et autres.

379 — Six tasses avec soucoupes et théïère en porcelaine de Vienne, décor paysage en grisaille.

380 — Quatre pots à crème de Sèvres blanc à bordures dorées.

381 — Deux cornets et deux vases de Delft, décor bleu sur blanc.

382 — Tasse et soucoupe de Sèvres, fond blanc à rocailles dorées.

383 — Six tasses à pans du Japon, bleu, rouge et or.

384-394 — Nombreuses pièces, tasses, douze soucoupes, petits vases, jardinières, vide-poches en porcelaine de diverses fabriques européennes et de l'Extrême-Orient.

Verrerie et Cristaux

395-397 — Trois grands lustres à dix-huit lumières, en verre de Venise.

398 — Grand lustre en verre de Venise.

399 — Lustre à seize lumières, en cristal taillé orné de guirlandes et de pendeloques.

400 — Candélabre à trois lumières, en cristal taillé.

401 — Nombreuses pièces, jardinières, vases, porte-bouquets, aiguières, plateaux en verre de diverses fabriques européennes.

Sculptures

402 — Pendule formée par un groupe en marble blanc représentant *Vénus et l'Amour* se regardant et s'appuyant sur un monument orné d'un bas-relief : *Jeux d'enfants*, allégorie à l'automne. Socle en marbre blanc, orné de bronzes dorés avec bas-relief sur le devant représentant le *Conseil des Amours*. Époque Louis XVI.

403 — Lion couché en marbre blanc, sculpture attribuée au xviiie siècle, sur socle en marbre porthor.

404 — *Buste de Femme* marbre blanc sculpté du xviiie siècle.

405 — *Buste du Roi Louis XVIII* en marbre blanc, grandeur nature.

406 — *Chien griffon assis*, en terre cuite.

Bronzes d'Art

et d'Ameublement

407 — Deux groupes des *Chevaux de Marly* en bronze, d'après COUSTOU, socles en bronze doré.

408 — Deux statuettes du *Gladiateur combattant*, d'après l'antique.

409 — Statuette de *Mercure*, bronze d'après JEAN DE BOLOGNE, socle en marbre.

410 — Bas-relief en bronze de BARBEDIENNE : *La Vierge et l'Enfant Jésus.*

411 — *Petit buste de Saint Louis*, bronze de BARBEDIENNE.

412 — Pendule en bronze doré de style Louis XVI. Le cadran est entouré d'une couronne de lauriers et flanqué de deux enfants génies, attributs des Sciences.

413 — Paire de flambeaux Louis XVI en bronze doré à rais de cœur.

414 — Paire de candélabres à dix lumières, supportés par des figures d'enfants debout sur des socles ornés de guirlandes.

415 — Cartel de style Louis XV en bronze, composé d'ornements rocailles.

416 — Deux flambeaux de style Louis XVI en bronze, et deux petits bougeoirs fûts cannelés.

417 — Garniture de cheminée en porcelaine gros bleu et bronze doré, à vases figures d'enfants et bouquets de lis.

418 — Pendule Louis XVI en marbre et bronze, le cadran supporté par deux colonnettes.

419 — Deux paires de flambeaux de styles Louis XV et Louis XVI, en bronze.

420 — Crucifix en bronze.

421 — Paire de candélabres à quatre lumières en bronze doré forme colonnettes cannelées enguirlandées de lauriers et surmontées de vases à anses *têtes de béliers*. Style Louis XVI.

422 — Paire de flambeaux en bronze ornés de guirlande. Style Louis XVI.

423 — Paire de chenêts en bronze doré forme balustrade avec brûle-parfums et pommes de pin. Style Louis XVI.

424 — Paire de petits flambeaux surbaissés en bronze doré à feuilles d'eau. Style Louis XVI.

425 — Paire de petites potiches avec couvercle en émail cloisonné de Chine fond bleu turquoise à fleurs et papillons en couleur.

426 — Groupe en bronze *Flore et l'Amour*, d'après A. Coyzevox, signé et daté 1710 (édition de Barbedienne).

427 — Trois paires de flambeaux en bronze ornés de guirlande. Style Louis XVI.

428 — Statuette en bronze : *Moïse*, d'après Michel Ange (édition de Barbedienne).

429 — Paire de petits bouts de table à trois lumières en bronze doré à colonnettes cannelées. Style Louis XVI.

430 — Deux paires de flambeaux en bronze colonnettes cannelées. Style Louis XVI.

431 — Pendule en bronze doré surmontée d'un groupe d'enfants allégorie de l'*Automne*.

432 — Paire de flambeaux en cuivre poli. XVIIIe siècle.

433 — Paire de flambeaux argentés. XVIIIe siècle.

434 — Écritoire en marqueterie de Boule, garni de bronzes. Style Louis XIV.

435 — Cassolette en émail cloisonné de Chine fond bleu turquoise.

436 — Petite coupe surbaissée en bronze doré et oxydé. Style pompéïen de Barbedienne.

437 — Divers chenêts et devants de feu en bronze.

438 — Paire de flambeaux bouquets de tulipes en bronze sur socles en marbre blanc.

439 — Paire de flambeaux en cuivre. Style Louis XIII.

440 — Flambeaux divers en bronze et en cuivre.

441 — Écritoire sur plateau monture argentée.

442 — Garniture de cheminée, pendule et deux candélabres en porcelaine gros bleu et bronzes dorés.

443 — Garniture de bureau en cuivre poli, style Renaissance, encrier, flambeaux, plumier et coupe-papier.

444 — Paire de flambeaux surbaissés en bronze à feuillages. Style Louis XV.

445 — Flambeau à deux branches en bronze. Style Empire.

Meubles Anciens

et Modernes

446 — Console Louis XVI en bois sculpté et
doré, bandeaux ajourés avec motifs à
nœuds de rubans et guirlandes de raisin
sur le devant, dessus en marbre gris.

447 — Chaise longue en trois parties, forme
Louis XVI en bois sculpté et doré, cou-
verte en soierie fond noir brochée à
fleurs.

448 — Petit canapé à dossier carré, calfeutré
en bois, peint en blanc, rehaussé d'or,
couvert en étoffe rayée et brochée.

449 — Table gigogne en laque noire à rehauts
d'or à sujets chinois.

450 — Guéridon en bronze avec dessus en mosaïque de Florence.

451 — Table de milieu en bois noir richement garni de bronzes à enroulements et feuillages, dessus en marbre porthor. xviiie siècle.

452 — Petite vitrine posant sur console en bois sculpté et doré. Style Louis XVI.

453 — Deux meubles d'encoignure ouvrant à deux portes en bois noir incrusté d'ivoire avec peintures à personnages sur chaque battant.

454 — Deux belles armoires vitrées de l'époque de l'Empire, en acajou orné de bronzes dorés; elles ouvrent à deux portes encadrées de baguettes de cuivre et présentent sur le devant deux colonnes détachées à torsades en spirales.

455 — Armoire à glace de l'époque de l'Empire en forme de Psyché à deux colonnes et fronton en bois thuya orné de bronzes.

456 — Table console Louis XVI en bois doré à quatre pieds carrés à chapiteaux, ceinture à feuilles d'acanthe avec rosace au centre. Dessus de marbre blanc.

457 — Miroir Louis XVI avec cadre à fronton de carquois et lauriers en bois doré.

458 — Table console de style Louis XVI en bois sculpté et doré à quatre pieds fuselés et cannelés, ceinture à trophée de carquois et d'entrelacs ajourés, dessus de marbre.

459 — Petite commode du temps de Louis XV à deux tiroirs et à pieds élevés et cambrés, en bois satiné marqueté à corbeille de fleurs sur la face et les côtés. Dessus de marbre.

460 — Horloge hollandaise à gaîne en bois laqué, offrant sur la face un panneau d'ancien laque du Japon à ornements en éventails sur fond aventuriné. Mouvement marquant les quantièmes et les phases de la lune.

461 — Commode de l'époque Louis XV à deux rangs de tiroirs en bois de violette et bois satiné, garnie de chutes et de poignées en bronze. Dessus de marbre.

462 — Console de l'époque Louis XVI à côtés cintrés et pieds cannelés en acajou à moulures de cuivre, dessus de marbre blanc avec galerie.

463 — Console d'encoignure de même travail que la précédente.

464 — Commode Louis XIV à trois tiroirs en noyer, garnie de poignée en bronze.

465 — Grande commode ancienne à quatre tiroirs en bois de noyer marquetée à filets à ornements.

466 — Commode Louis XVI à trois tiroirs en bois satiné, garnie d'anneaux de cuivre. Dessus de marbre.

467 — Commode Louis XV à deux rangs de tiroirs en bois marqueté à fleurs et garnie de poignées en bronze.

468 — Commode Louis XVI à trois rangs de tiroirs en bois de rose et bois de violette, le devant à ressaut marqueté à filets et garni de bronzes.

469 — Scriban Louis XV en noyer, ouvrant à abattant.

470 — Mobilier de salon en bois sculpté et doré, couvert en damas de soie rouge style Louis XV composé d'un grand canapé, deux fauteuils et quatre chaises.

471 — Mobilier de salon en bois sculpté et doré, couvert en damas de soie rouge, composé d'un canapé, deux fauteuils et quatre chaises.

472 — Console en bois sculpté et doré, or vert et or jaune avec trophées de torches, soleil et rubans entrelacés tout autour, dessus en marbre gris. Époque Louis XVI.

473 — Support en bois sculpté formé par une statuette d'esclave.

474 — Deux petites glaces avec cadres en bois sculpté. Époque Louis XV.

475 — Paravent à quatre feuilles tendu d'étoffe japonaise à sujets variés.

476 — Paravent à quatre feuilles avec panneaux en applications, corbeilles fleuries sur fond de damas rouge et de damas vert.

477 — Paravent à quatre feuilles en soierie de Chine, peinte à fleurs.

478 — Bergère et quatre fauteuils époque Louis XV et Louis XVI, en bois peint en blanc rehaussé d'or en étoffe rayée et brochée.

479 — Fauteuil en bois doré couvert en satin havane brodé à semis de fleurs.

480 — Diverses chaises de formes variées de fantaisie.

481 — Petit bureau plat en bois d'acajou, garni de bronzes. Style XVIIIe siècle.

482 — Colonne support en chêne à cannelures.

483 — Petite table support en bois noir sculpté dans le goût chinois.

484 — Un autel.

485 — Commode à trois rangées de tiroirs en marqueterie de bois. Époque Louis XVI.

486 — Canapé en étoffe à fleurs brochées et capitonné, montée sur bois laqué, fond noir à rehauts d'or.

487 — Secrétaire à abattant surmonté d'un corps à quatre tiroirs en bois d'acajou, garni de cuivre. Époque Louis XVI.

488 — Gaîne d'horloge Louis XIV, en bois sculpté et décoré de peintures à petits sujets de figures et ornements. Genre de BÉRAIN.

489 — Prie-dieu ancien en noyer marqueté.

490 — Table Louis XIII en noyer à pieds tors avec traverse.

491 — Deux bois de fauteuils et cinq de
chaises de l'époque Louis XV en noyer
sculpté.

492 — Armoire ancienne.

493 — Seize sièges anciens : chaises et fauteuils Louis XIII garnis de coutil.

494 — Petite armoire Louis XIII, en noyer
sculpté à cariatides et rosaces.

495 — Glace à bordure d'acajou, garnie d'ornements, appliques en bronze. Style
Louis XIV.

496 — Deux petits miroirs ovales dans des
cadres à feuillages en bois doré.

497 — Groupe bois doré : *L'Enfant Jésus
debout sur un nuage au milieu de chéru-
bins.* XVIIᵉ siècle.

498 — Ameublement de chambre à coucher
en palissandre et bois de rose, lit avec sa
literie, armoire à glace biseautée, secrétaire, chiffonnier et table de nuit à volets.

499 — Toilette duchesse en bois d'acajou
garnie de bronzes. Ier Empire.

500 — Petit cabinet en laque du Japon fond
noir à rehauts d'or.

Tapisseries, Tentures

5o1 — Deux garnitures de sièges en tapisserie
d'Aubusson de la fin du xviiie siècle à
petits personnages et animaux fond rouge
à fleurs.

5o2 — Dessus de siège en tapisserie à pavots
et feuillages. Époque Louis XIII.

5o3 — Petite bande étroite en tapisserie moderne fond jaune à fleurs.

5o4 — Panneaux tapisserie du xviie siècle
représentant *le Mariage d'un roi et d'une
reine*, bordure à fleurs et enroulement sur
trois côtés.

5o5 — Trois décors de croisées et deux décors de portes en damas de soie rouge et
en brocatelle de soie.

5o6 — Décor de baie en soie rouge, dessin à
grand ramage vert et grisaille.

5o7 — Quatre portières en velours rouge et
bande de tapisserie de style Louis XIII.

5o8 — Chappes, chasubles et accessoires
d'autel de chapelle.

5o9 — Onze morceaux tapisserie au point à
fleurs et feuillages pour dessus de sièges
et garniture.

5ro — Nombreuses bandes de tapisserie moderne.

5rr — Nombreux morceaux d'étoffe lampas
soierie et tapis de tables.

VENTE VOLONTAIRE

Tableaux

BIN (ÉMILE)

512 — *L'Amour et Psyché.*

Haut.: 0^{m}92;: Larg. 0^{m}82.

BLOEMEN (PIERRE VAN)

513 — *Le Camp.*

BLOEMEN (PIERRE VAN)

514 — *La Trompette.*

Cuivres,

Haut.: 0^{m}39;: Larg. 0^{m}46.

DUPRÉ (école de)

515 — *Paysage*

Haut.: 0m60;: Larg.: 0m66.

ÉCOLE HOLLANDAISE

516 — *La halte à l'Auberge.*

Haut.; 0m82;: Larg, 0m72.

FONVIÈRES

517 — *Sujet mythologique.*

FONVIÈRES

518 — *Sujet mythologique.*

Signés et datés à gauche 1,768.

Haut.: 0m46;: Larg, 0m55.

FRANCK

519 — *Adoration des Mages.*

Haut.: 0m89;: Larg.: 0m76.

LALANNE

520 — *Parc de Londres.*

Fusain.

Haut.: 0^m46 ;: Larg. 1^m55.

LENAIN

521 — *Portrait du Maréchal de Saint-Luc.*

Haut.: 0^m84 ;: Larg.: 0^m70.

MEISSONIER

522 — Dessin sur bois, pour illustration.

Haut.: 0^m045 ;: Larg.; 0^m025.

PEYRONNET

523 — *La Vierge à la chaise*, d'après RA-
PHAEL.

Signé et daté 1846.

Haut. : 0^m87 : Larg. : 0^m95.

STEVENS (A.)

524 — *Brouillard d'Été sur la mer.*

Haut. : 0^m77 ; Larg. : 0^m86.

VAN DAEL

525 — *Vase de fleurs.*

Signé et daté à droite 1825.

Cuivre.

Haut. : 0^m57 ; Larg. 49 m.

Objets d'ameublement

526 — Beau meuble de salon Louis XVI, bois anciens et tapisserie d'Aubusson (sujets d'après les dessins de Boilly), composé d'un canapé et quatre fauteuils.

527-528 — Deux tables Louis XVI.

529 — Meuble de salon en bois laqué blanc filets bleus, époque du Directoire, composé d'un canapé avec deux coussins, six fauteuils, une bergère, deux tabourets de pieds, deux galeries, quatre porte-embrasses.

53o — Table à jeu époque Louis XV, bois noir, tapis rouge.

531 — Belle vitrine époque Louis XV en marqueterie de bois.

532 — Six fauteuils époque Louis XVI en bois laqué.

533 — Grand bronze à cire perdue. Travail japonais.

534 — Vase ancien, bronze niellé.

535 — Meuble scriban milanais en bois incrusté (dit certosine), composé d'une table renfermant un bureau à écrire et surmontée d'une sorte d'édicule à trois portiques formant casiers.

536 — Pendule bronze doré émaillée bleue de BARBEDIENNE.

537 — Autre, style Louis XVI et deux candélabres marbre et bronze doré. Maison BOYER.

538 — Applique avec glace gravée et bronze doré.

539 — Deux appliques à gaz forme lampe.

540 — Pendule Empire en bronze doré.

541 — Petite pendule style Louis XV.

542 — Deux girandoles lampadaires en cristal.

543 — Commode Louis XVI en marqueterie de bois.

544 — Deux vitrines Louis XV en marqueterie de bois ornées de bronzes.

545 — Console époque Louis XVI bois doré et sculpté à dessus marbre.

546 — Deux fauteuils-bergères bois noir recouverts en tapisserie à la main.

547 — Deux tables de salon bois noir.

548 — Fauteuil style Louis XIII recouvert en velours et tapisserie à la main.

549 — Deux fauteuils d'antichambre recouverts en drap et bandes de tapisserie.

550 — Table Récamier.

551 — Deux encoignures vernis MARTIN, fond rouge.

552 — Garniture de cheminée Louis XVI en bronze et marbre blanc.

553 — Galerie Empire en bronze.

554 — Paire de chenêts en bronze doré, surmontés de chimères.

555 — Table à ouvrage Louis XV, en placage de bois satiné et de violette, dessus de marbre à galerie de cuivre.

556 — Armoire normande Louis XVI, en chêne sculpté à lauriers. Les portes à glaces biseautées.

557 — Paire de bras en bronze à figures d'enfants, à cinq lumières.

558 — Paire de chenêts en bronze à figure sur socle Louis XV.

559 — Pendule style Louis XV sur socle vernis MARTIN et bronze doré.

560 — Fauteuil et deux chaises recouverts en velours frappé.

561 — Lampes cache-pot en Chine orné de bronzes.

562 — Pendule et deux candélabres, avec sujet bronze.

563 — *La Paix et la Guerre*. Statuettes bronze argenté de MATHURIN MOREAU.

564 — Grand fauteuil italien en bois sculpté, les bras supportés par des négrillons debout sur pieds à griffes de lion. Garniture en velours de Gênes.

565 — Petite stalle formant coffre en bois sculpté, de travail italien, accotoirs supportés par des sphinx.

566 — Petite vitrine italienne en bois sculpté, à fronton et motifs rocailles.

567 — Glace Louis XVI, cadre bois doré avec médaillon peint.

568 — Autre glace Louis XV, cadre bois doré.

569 — Autre glace Louis XIII, cadre bois doré.

570 — *La Fantasia*. Statuette bronze de LE-COURTIER.

571 — *Mignon*. Statuette bronze de FAL-GUIÈRE.

572 — Garniture en bronze doré. Maison MARQUIS.

573 — Jardinière en bronze argenté et parties dorées.

574 — Chiffonnier acajou garni de bronzes. Style Empire.

575 — Piano demi-queue en bois noir, de PLEYEL et WOLFF, n° 96,595.

576 — Garniture en cloisonné du Japon composée de deux grands vases et une potiche.

577 — Collier genre Campana en or garni de perles fines, orné d'un médaillon et deux pendeloques.

578 — Miniature ovale : *Portrait de jeune femme en costume du temps de l'Empire*. Cadre en bronze.

579 — Éventail à monture de nacre avec feuille en soie peinte représentant *une Scène de théâtre*, dans un cadre doré. Genre Louis XV.

580 — Crucifix ancien en ivoire sculpté, sur croix en bois d'ébène.

Tapisseries

Tapis, Tentures

581 — Suite de quatre tapisserie anciennes avec bordures. Sujets mythologiques : *La Chasse*.

582 — Très belle tapisserie de Bruxelles fond clair à petits personnages : *Diane Chasseresse* (sans bordure).

Larg. : 4 m. ; Haut. : 2^m5o.

583 — Tapisserie ancienne, verdure.

Larg. : 4 m. ; Haut. : 3 m.

584 — Tapisserie Louis XV à petits personnages : *L'Oiseleur*.

Larg. : 1^m7o ; Haut. : 2 m.

585 — Tapis de table en peluche marron garni d'ornements, genre Louis XIV, en applications de soie de couleurs.

586 — Cantonnière avec galerie en peluche et application de même travail.

587 — Un dessus de lit en soie fond clair brodé or.

588 — Grand tapis en moquette de Smyrne.

589 — Store en crêpe de Chine.

590 — Petit tapis de table en toile brodé de soie, garni de guipure.

591 — Quatre morceaux de tapisserie ancienne.

592 — Objets non catalogués.

IMPRIMERIE ARTISTIQUE

MÉNARD & CHAUFOUR

8-10, RUE MILTON, 8-10

PARIS

RED. :

14

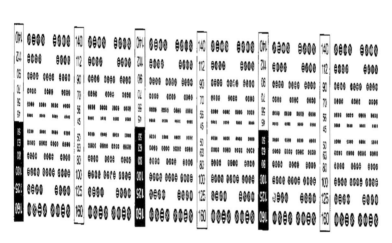

MIRE ISO N° 1
NF Z 43-007
AFNOR
Cedex 7 - 92080 PARIS-LA-DÉFENSE

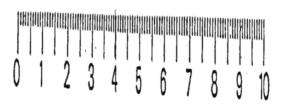

0 1 2 3 4 5 6 7 8 9 10

BIBLIOTHEQUE NATIONALE DE FRANCE

****

CHATEAU

DE

SABLE

1996

Imprimé en France
FROC021701180919
22190FR00008B/254/P

9 782329 323367